序

西村和子

平野哲斎さんが夜の初心者教室「ボンボヤージュ」に入会して来たのは、六十代前半、仕事にも一区切りついた頃だった。昼間はまだ金融業界で活躍中だったが、最も多忙な時期は乗り越え、人生の二周目を考え始めた頃だった。入門当初から意志を持って俳句に向かっていた姿勢をよく覚えている。

出来ること出来るだけして師走かな

ごく初心の頃の作だが、歳も押し詰まった頃、たくさんの問題や課題が山積していたことだろう。しかし出来ることを出来るだけするという姿勢は、もはや働き盛りを過ぎた人の、自分の体力と折り合いをつけた知恵が語られている。

六十代からの出発とはかなり遅い気がしたが、作品の出来不出来にかかわらず、人生経験の厚みがものをいう存在だと思った。

盆の夜の男一人の夕餉かな

後から知ったことだが、最愛の奥様が五十九歳で他界されたという。そうした痛切な体験をこのように客観的に表現できるということは、俳句と出会う以前から自他ともに客観的に見つめる姿勢が身についていたことを物語っている。境遇を嘆いたり、淋しさを訴えたりすることなく、亡き人の魂が帰って来る盆の夜に一人で夕餉を取っている男一人とは、紛れもなく作者自身である。

亡き妻の厨の音か葱刻む
初写真今年も一人欠けてをり
初髪の妻と見紛ふ娘かな
おやすみと言ひて皐月の七回忌
梨狩をせし日のとほく妻とほく

妻恋の句が集中に多く見られるのは、遺された身になってから俳句と出会った故であろう。

花月夜恋しさの意味わかりくる

中でも味わい深い句である。若い頃恋をして家庭を持ち、子供達を育てた。この句の恋しさは、今までの人生で痛感した恋しさとは異質のものである。桜が満開の満月の夜、この世で最も美しい花と月に恵まれ、現世の人を思うのではなく、この世のほかの人を恋しく思う。昔から文学の上でもその他の芸術の中でも、恋は大きなエネルギーの一つであることはわかっていた。しかし恋しさというものがさらに奥深く、時空を超えるものであることを実感したのである。こうした句も豊かな人生経験無しには生まれない。

マフラーをミラノ巻きして青山へ

哲斎さんはおしゃれな男性だ。句集名にもなった「ミラノ巻き」とは、マフラーやスカーフのおしゃれな巻き方である。数年前、何人かでフランス旅行をした折、パリで私達もその巻き方を教えてもらった。ちょっとした工夫で恰好よくなるのだ。しかも結び目ができるわけではないので、外す時もスマートだ。
その旅行の折にも、シャツや服をたくさん買っていた。この句の青山へ行った目的は買い物に違いない。本人の言い訳によると、以前は八十キロ近かった体重が、大病によってかなりスリムになったので、着られる服が無くなったということだ。それにしても、会う度に変わった服装で現われる哲斎さんは、かなりの着道楽であるといえるだろう。

気に入りの帽子の手入れ冬隣
路地裏の鞄工房春浅し
裏路地の春を告げたりシャツの店
更衣高じて部屋の模様替へ
西陣のネクタイ締めて初句会

服ばかりでなく、帽子や鞄や傘といった小物まで行き届いた趣味の人である。
パリの路地裏を歩いていた時、ふと姿が見えなくなったので皆で探していたら、おしゃれなシャツの店から出て来たことがあった。鞄工房にしても、シャツの店にしても、センスのよい店には本能的に吸い寄せられていく人である。更衣も苦ではないのであろう。更衣をしているうちに部屋の模様替えまでしてしまうとは、哲斎さんを知るだれもがさもありなんと思うにちがいない。

大津に第二の拠点を得てからは、京都の吟行会へも毎月出席するようになった。「西陣のネクタイ」はその折の収穫であろう。

闇に消え水面に残る揚花火

初心の頃から、多作多捨多読をまじめに実行してきた成果が、こうした写生句に結実した。揚花火の本体は夜空に消えてしまったが、水面に余光が残っているという句である。実際はそんなことはないかも知れないが、残影とか余韻は見える人にしか見えない。そうしたものを見つめようとする心眼によって得た句といえよう。

波頭削り飛ばして比良八荒

葦牙や月の光を得て育つ

北山の空へ垂直夏の蝶

朝寒の湖畔に仰ぐ富士裸形

横顔のふいに見えたり螢の夜

琵琶湖を目の当たりにする日々が増えたおかげで得た比良八荒の句。普段は穏やかな湖が、この季節荒い波を立てて、船を沈めるほどの風が吹き荒れる。その様を勢いと迫力のある表現で描写した。

葦の芽を「葦牙《あしかび》」と言うが、その尖った先端は人目に触れる昼間だけではなく、月光のもとでも伸びゆくのだという発見は、在住者の目によるものである。

京の北山は杉の名産地。奥へ行けば行くほど杉が直立する山へ分け入る。この句の工夫は、杉を言わずに樹間を飛ぶ夏の蝶の動きをもって、垂直の光景を表現したことである。

晩秋の富士山がまだ雪に覆われていない頃、人間の肌にも寒さが感じられる。

そんな時季の富士の姿が「裸形」であると捉えたのは、視覚ばかりでなく、皮膚感覚で季節を実感したことを語っていよう。

螢火の明滅とともにふと見えた横顔は、あるいは現世の人ではないかも知れぬ。螢という伝統的季題の本意に叶った作品だ。

椴 松 の 樹 液 の 甘 く 夏 深 し

椴松とは北海道の北部に自生する針葉樹。その幼木はクリスマスツリーに用いられる。樹液を飲んだことはないが、メイプルシロップのようなものなのだろうか。北の大地の短い夏が終わる頃、幹に沁み出た樹液にふと触れて味わってみたのか。この句は味覚で捉えた写生句だ。

ちちろ虫いつしか消えて朝の音

雛 の 灯 消 え て 面 差 し 浮 か び く る

黄 泉 路 へ と 誘 ふ 花 か 烏 瓜

夜桜に余す命を吸ひとられ

六道の辻にマフラー引き抜かれ

ちちろ虫の句は聴覚で捉えた明け方の音の変化、「朝の音」は人々の生活の音である。雛の灯の句は実際には見えない面影。烏瓜の花の妖しさ、夜桜の恐ろしさも現実の奥の世界へ踏み込んでいる。六道の辻の句は単に落としただけのマフラーをこう表現したことで、冥界の入口と言われる六道の辻だからこそ、何かの力が加わったように思えてくる。

こうした句が見られるようになったのは、哲斎さんが以前から能楽に親しんでいたことと無縁ではないだろう。

冴返る鏡の間にて深呼吸

師の声を無心になぞり初稽古

武蔵野の富士を拝して謡初

能は型の芸術である。俳句の型を習得するにも、初稽古の心構えをもって励んだに違いない。

蜜柑剝く母の十指の頼りなく

子供の頃には、逞しく何でもしてくれたお母さんが、ある時期から心身ともに衰えて頼りなく見えることがある。そんな人生の実感が「蜜柑剝く」という具体的な行為によって表された句。以前は蜜柑どころか、夏蜜柑だって子供達のために手際よく剝いて分けてくれたお母さん。その指が頼りなく蜜柑を剝いている。言うまでもなく皺もよっている。ああお母さんは老いたなあと思うのは、こんな時である。人生の冬を迎えたお母さんに対する思いが、季語に託されている。

縮みたる母の背さすり梅雨夕焼
病室に母と二人の梅雨ひと日

荒梅雨や錯乱の母抱きしめて
母看取る書類に署名大暑の日
夏未明一声発し薨りぬ

お母さんを看取った日々から見送った時まで、俳句に託した息子としての辛さが胸を打つ。

魂棚の妻に告げたり娘の華燭
嫁ぎたる長女の仕切る年用意

晩年の十年間のこの句集にも境遇の変化を読み取ることができる。娘さんの結婚をまず告げたかった人は、共に子育てをした奥さん。魂棚はお盆の季語だが、事情の説明なしに作者の思いを存分に語っている。季語が語るということ、季語に思いを託すということを、改めて味わいたい作品といえよう。

手際良くなりて淋しき盆飾

毎年魂棚を設え、迎え火と送り火を焚き、亡き人の魂を迎えて何年経っただろう。毎年のことなので、我ながら手際良くなった。そのことが淋しい。人生の厚みと時の移りゆきとを感じさせる佳句である。こうした句に出会うと、哲斎さんと俳句との出会いを喜びたくなるのは、私だけだろうか。これからの人生も俳句とともにある限り、多くの出会いと機会に恵まれた豊かなものであるに違いない。

句集　ミラノ巻き／目次

装幀　南　一夫
装画　岩脇哲也
題字　佐々木彩乃

句集　ミラノ巻き

落鮎

平成二十三年～二十六年

落鮎を炙りがぶりと独り酒
出来ること出来るだけして師走かな

神歌の声澄み渡る謡初
照らされし雪吊凜と輝けり

粉雪の音なくつもる加賀格子

鰤は氷見旅の予定をやりくりし

白梅は加賀の誇りと匂ひけり

天井の龍動きたる春嵐

今様を謡ひ春の夜更けにけり

カムイの湯蝦夷春蟬に守られて

ビル谷間花見弁当持ち寄りて
夜桜や白蛇の如く迫りくる

明け初めし空に浮き立つ桜かな

花月夜恋しさの意味わかりくる

空に舞ふ花びら摑み旅に出ん

暮れなづむ石の街飛ぶ燕かな

新しき歌舞伎座を待つ夏衣
風を呼び亡き人を呼ぶ薪能

加賀鳶の木遣くづしや空は夏

茶屋街の空を一閃夏燕

風受けて高舞ふ夏の鷗かな

鉾立や暦始まる日の如く

赤鳥居夏の力の漲れる

熱戦の果てたる町の夏の月

盆の夜の男一人の夕餉かな

小夜更けて川平らかに流灯会

喧噪がどよめきになり大花火
金星を残して消えし花火かな

端座して悟りの窓の初紅葉

新蕎麦や浮世絵美人眺めつつ

安南の姫乗せくんち船来たる

廃線のトンネル抜けて秋の海

西海の岬に秋の茜雲

鳥海の裳裾のびゆく秋の海

手術後の葡萄ひとつぶ甘きこと
甘すぎる秋果の後の渋茶かな

木の実降る音のみ聞こゆサンルーム

気に入りの帽子の手入れ冬隣

永訣の朝に降りたる時雨かな

亡き妻の厨の音か葱刻む

老松を守る雪吊真新し

音消えし朝うつすらと雪化粧

膝枕より眺めをる雪景色

マフラーをミラノ巻きして青山へ

寒月よ人の心を覗きしか

歳晩の写経を妻へ嵯峨の寺

歌留多

平成二十七年

初夢の覚めて独りの我が家かな

初写真今年も一人欠けてをり

美しき箱に眠れる歌留多かな

初髪の妻と見紛ふ娘かな

さざ波の銀色となり魞を挿す
彦根より日の昇りきて春になる

冴返る水面に凜と逆さ松

雨垂れの音にも春の兆しかな

微笑みて逝きける人や春寒し

謎解きの如く見てゐる涅槃絵図

月山の固き胡桃も芽吹き初む

喪ごころをひきずり春の咳やまず

どちらからともなく握手春の宵
いつまでも花の堤を歩きたく

桜鯛庄内竿のよくしなひ

歩けざる母に届けし桜鯛

楡若葉フランスパンのほの甘き
おやすみと言ひて皐月の七回忌

天神の森の鴉も五月闇

荒梅雨や霧笛の音も消し去りて

港見る女の背ナも梅雨深し

筆求め寺町二条梅雨晴間

妹の里帰りして穴子飯

螢見し後のミスティジャズに酔ふ

椴松の樹液の甘く夏深し

盆花や妻の好みの色買ひて

無縁仏ともに弔ひ盆踊

闇に消え水面に残る揚花火

初秋や湖水の色も変はりゆく

告げられし事の重さや曼殊沙華

梨狩をせし日のとほく妻とほく

水音に吸ひ寄せられて秋の蝶

潮吹きて鯨船来るくんちかな
万国旗空にははばたき港秋

満月や水底の石照り返し

大花野裂かれし心癒すべく

ちちろ虫いつしか消えて朝の音
気づきたる心の闇や秋深し

朝露の澄みて魔宮を映し出し
牡蠣啜る女の口の不思議かな

蜜柑剝く母の十指の頼りなく

冬帽子被りて今日は寺参り

濡羽色粋に着こなし冬座敷

一力の門を出づれば小夜時雨

船を待つ女主人の冬薔薇

冬木立恋を幾度見とどけし

雛の灯

平成二十八年

モーツァルト聞きてひとりの屠蘇祝ひ

読初は今年も祖父の謡本

誂へし袴を着けて謡初

群青の海を閉ぢ込め竜の玉

意地悪なバレンタインの日の女

啓蟄や港の船も心せく

パリ　四句

路地裏の鞄工房春浅し

口髭の先はね上げてパリは春

フランス語意味わからねど春の音

裏路地の春を告げたりシャツの店

元勲の庭へ琵琶湖の春の水

雛の灯消えて面差し浮かびくる

日の匂ひまとひて日がな野に遊ぶ

チューリップ優等生の色をして

誘はれて春満月の神楽坂
山門の大慈大悲の桜かな

春の夢壁の時計の逆回り

春雨やどこぞに轆轤まはす音

青楓みやこの風のたをやかに
ほほづゑの先は荒梅雨人を待つ

嫁ぐ娘と久々夕餉鰺を割く

夏の月カムイの湖の水底に

我が町をゆるり通過の夏季列車

ささら竹海風にゆれ夏館

パナマ帽今日は快晴足軽き

雨あがり琵琶湖の月の涼しけれ

夏暁の色刻々と地平線

朝涼や海のタクシー舟屋より

草むしり小休止また大休止

夏帯をきりりと締めて三越へ

巡行はゆるゆる鉾を解くはやさ

魂棚の妻に告げたり娘の華燭

爆竹の止みて精霊舟二つ

秋澄むや座して半畳寝て一畳

水甘しなんぢゃもんぢゃの実は苦し

おくんちの天へ龍笛長ラッパ

カピタンも象も来港出島秋

西国の果てなる島へ秋の航

漕ぎゆけば霧の中より天主堂

五島　福江　経文にサンタマリアとありて

露の世の三《さん》た○《まり》やの誓ひかな

殉教の島に仰ぎし後の月

潮騒の音も凍てけり懺悔室

蘆枯るるふと彼方よりお念仏

武蔵野の落葉踏む音ついて来る

週末は久方ぶりの鰤大根

神学館朝一番の落葉掃

鮟鱇を食ひて惰眠を貪らん

数へ日や手帳書き込み読みきれず

梅雨夕焼

平成二十九年

明けきたるアラブの砂漠初景色

太陽をめがけアラブの鷹は飛ぶ

師の声を無心になぞり初稽古

先達の二人欠けたり能始

湖凍てて全てを拒み時止めて

鬼やらふ声の優しき祖母なりき

青軸の少し離れて慎ましく
冴返る鏡の間にて深呼吸

啓蟄の参道を掃く玉箒

波頭削り飛ばして比良八荒

葦牙や月の光を得て育つ

やはらかき風に包まれ蘆の角

野遊びやパパと呼ばれし頃のこと

春満月西に仰ぎて旅支度

川舟の閉ぢ込められし昼霞
青白き海を眺めて啄木忌

陸奥の連枝の枝垂桜かな

春深き空を狭めて切通し

宿直の看護師若き菜種梅雨

更衣高じて部屋の模様替へ

初夏や夜の帷のうすみどり

幹伝ふ卯の花腐し羽黒道

暁の湖面に揺るる新樹かな

モノレール妙にゆつくり梅雨に入る

白日傘ショーウィンドウを眺めゐる

蚊遣火や祖父の低吟肚に滲み

縮みたる母の背さすり梅雨夕焼

病室に母と二人の梅雨ひと日

荒梅雨や錯乱の母抱きしめて

母になほ生きる力や梅雨の明

一刻を惜しみて母と夏の月

母看取る書類に署名大暑の日

病室にあらん限りの夏の花
雷神に清められたる生命かな

母の眉微動だにせず日雷

夏未明一声発し薨りぬ

蝦夷松の幹を覆ひし蔦青葉

北山の空へ垂直夏の蝶

饒舌になりて無視されかき氷

漱石も子規も観戦夏盛り

カンナ咲く母の描きし絵の如く

魂棚に好物さらに大好物

揚花火降りて波音もどりくる
いつの間に弁慶草の庭に咲く

椴松の幹に紅引き蔦漆

夕暮れの湖を滑空赤とんぼ

黄泉路へと誘ふ花か烏瓜

さり気なく聞きし話やこぼれ萩

新米の甘き香りもひとりかな

裏門を出でて一面女郎花

誰も居ぬ舞台を眺めめ秋の暮

殉教の城を囲める破蓮

王城の鬼門を守る紅葉寺

大護摩の火炎を凌ぐ紅葉かな

体重の少し戻りて小春かな

失ひし運搔き込まん熊手市

寒月や貨物列車の黒光り

磨かれし窓より青き聖樹かな

現役を離れて久しおでん酒

寒暁の一杯の水呑み込めず

初雪や上洛の道清めたる

若冲の生家の辻も歳の市

夜桜

平成三十年

松明けて気負ひ過ぎたり寝込みたり

西陣のネクタイ締めて初句会

雪掻きの三日目に出る痛みかな

金縷梅や呪文の如く花咲かせ

凍返る湖に朝日の照り初むる

掻い掘りと云ふ泥遊び春ひと日

月光や富士の雪形映し出し

墓までの道まつすぐに花吹雪

橋渡り見送る女将花の宿

夜桜に余す命を吸ひとられ

老幹のこれを最期と桜噴く

春宵のひとを待つ間の玉露かな

今様の一節聞こゆ春の宵
花守に捧ぐ夜空のトランペット

信州中川村七代　花時の味噌仕込み

味噌蔵の花見仕込みや結ひしごと

妄執の迷ひ出でける花月夜

遠き日の修羅を思へり夕牡丹

緋牡丹や我儘なまま育てられ

十代は何も恐れず柏餅

苔涼し佐渡赤石を際立たせ

赤松の幹鮮やかに驟雨かな

紅殻の土壁涼し奥座敷

二人漕ぐカヌーの音のなき世界

カヌー漕ぎ岸辺の鹿と目が合ひぬ

夏蝶の一気に湖を渡りゆく

同じ顔同じメニューも避暑地なり

よく見ればおどけ顔なる火取虫

白日傘妹母に似てきたり

夏痩せや理由を問はれてまた痩せて

葛きりや芸妓の腕の白きこと

流灯の千余舫へる橋の下

手際良くなりて淋しき盆飾

送り火のなかなかつかず空仰ぐ

描くとは見続ける事秋ひと日

秋雲に心奪はれ旅ひとり

秋の灯の路地裏にふと迷ひ込み

別々の思ひめぐらし花野道

名月を愛でたる店の今はなき

悩みなどなきふりをして月今宵

お薬師の見据ゑる先の琵琶湖秋

ポルトガル・スペイン　六句

銅像の詩人と座して風涼し

地の果ては海の始まり大西日

千年の蔵書を守る蚊食鳥

大西洋見下ろす丘に小鳥来る

冷まじやエレベーターの軋む音

大聖堂聖人毎に菊の花

鶏頭や鼠除けとも魔除けとも

長雨の後も鮮やかか鶏頭花

長き夜を語り明かして誕生日

十三夜問はず語りの始まりぬ

目覚ましの音の硬くて秋の朝

朝寒の湖畔に仰ぐ富士裸形

叡山の初雪ついて上洛す

六道の辻にマフラー引き抜かれ

明けやらぬ湖に黒々鮍舟

洋館の窓に人待つ冬薔薇

落葉焚少し離れて手をかざし

賀状書く支笏湖畔の番外地

立ち急ぐ巫女や宮司や小晦日

一病の影の穏やか去年今年

螢の夜

平成三十一年〜令和元年

近江富士真中に据ゑて初景色

屠蘇を酌む皆揃ひしは午後なれど

同じことまたも念じて初社

武蔵野の富士を拝して謡初

左義長の亥年児童の火入れかな

注連を焚く焰に宿る荒御魂

大寒や馴染みの店のまた閉ぢし

大寒や我が骨軋む音のして

間人《たいざ》蟹《がに》馥郁として甲羅酒

春隣古絵図頼りに江戸の路地

料峭や未だ開かぬ御錠口

冴返る湖面にビルのくつきりと

俎板の檜香りて春兆す

盆梅の瘤に刻みし齢かな

雪代や月山からの賜ひもの

おほどかに髪飾りたて享保雛

夜の明けて庭一面の紅椿

雀の子毛繕ひして尾を振りて

のどけしや船を待ちゐる竹生島

別腹に程佳き味の蓬餅

沈みつつゆるる太陽麦の秋

裏庭の宿直の武者か蟇

さざなみの湖へまつすぐ青田道

男湯の声の筒抜け青田風

乾坤の闇突き破る梅雨の雷

迷ひなく老いてゆきたし螢の夜

もぢずりや淡海の風は左巻き
湖の真中に出でて風死せり

綿菅や高原の風のびやかに
神棚も少し燻して夏炉燃ゆ

鉾建や棟梁の来て空見上げ

蜻蛉の翅折れてなほ水たたく

金泥のすこし錆びたり秋扇

秋の蚊に合掌の手を刺されたり

回廊を遊びをるなり秋の蝶

傘鉾を太う廻してくんちかな

バタビアへいざ出航のくんち船

櫂の音風の音消え星月夜

床の間に虫籠据ゑて祝ひ膳

敗残の将の墓守る一位の実

苔球の湿り確かむ菊師かな

追はれても追はれてもまた稲雀

蹲踞に菊を浮かべて祈願寺

茶の花や伝教大師の里坊の

冬麗や眼下一望鳰の湖

嫁ぎたる長女の仕切る年用意

雄叫び

令和二年〜三年

鳰の湖より明けきたる初景色

初夢や死ねぬ余生の恐ろしく

唐織の帯をきりりと初句会

亡き妻の帯をベストに冬ぬくし

橋凍てて修道院の門重く

まづはメシ築地場外冬帽子

三寒の予期せぬ夜半の目覚めかな

春寒し華燭の宴を延期して

吹上の松のほほづゑ冴返る
薄氷の綾なす風のかたちかな

大手門更に二の丸青き踏む

剪定の小枝ばかりの堆く

遺されし茶道具並べ春ひと日

風蝕の崖に焚きたる雁供養

鶴引きてただ葦原の風の音

引鶴の影くつきりと余呉の湖

お彼岸の常の用意の品忘れ
元禄の庭を眠らせ春の雨

リラ冷えのからくり時計午後三時

連弾の窓を零るるリラの花

鯖鮨をつまみ近江の話また

空梅雨や死せる如くに苔の庭

花街の格子戸を閉ぢ梅雨湿り

仲裁の風の嫋やか京団扇

老鶯の惚れ惚れと鳴く朝まだき
名を呼べばほうたるひとつついて来る

水旨しはた酒旨し螢の夜

横顔のふいに見えたり螢の夜

白靴をはいて心はシャンゼリゼ
星月夜ジョルジュサンドの銅像と

リスボンの七つの丘に小鳥来る

月光のわけても蒼き今宵かな

ともし火の及ばざる闇残る虫

破蓮や記憶の中の風の音

小春日や天神絵馬の十重二十重

塩鮭を売るアメ横のリーゼント

我が手首さつと摑みし手套赤

折癖のしかと形見の冬帽子

懸垂の三回できて竜の玉

凍月を仰ぎこころを鎮めけり

聖樹にはブリキの飾り港町

一番の初湯に浸かり年男

どんどの火崩れ千羽の火の鳥に
山並の青味がかれる四温かな

日脚伸ぶ下がり松から曼殊院

みづうみの風に芽吹ける猫柳

かたかごの花の幽けきゆらぎかな

瀬戸の海暮れそめてなほ長閑なる

水底のひびより出でて蜷のみち

雛飾る官女の一人既婚とぞ

海鳴りは花菜明かりの向かうより

空腹は元気の証春の朝

みちのくの一千年の紅枝垂

この橋を渡れば浄土花吹雪

木刀の素振り百回端午の日

風音の乾ききりたる麦の秋

気怠さも遅き目覚めも梅雨籠り

七夕

故郷の到着ロビー星の竹

母の忌のあかときに舞ふ黒揚羽

群青の山を抱へて夏の月

露天湯に月を掬へる十指かな

満月の浜の雄叫び大鼓

あとがき

書家でもあった妻の遺墨「人生貴適意」を、縁あって、俳都松山の椿神社(伊豫豆比古命神社)に十三年前に石碑として奉納した。一人では淋しかろうと、隣に私の句碑を建てる事を決意した。これが、私が俳句をゼロから始めた理由である。

友人が、西村和子先生の『気が付けば俳句』の本と「知音」への入会を勧めてくれた。行方克巳先生、西村和子先生の心に響くご指導と、幅広い句友に巡り合えた幸せ。神と自然と人間の共存する日本の風土、日本語の意味を深く味わえる有り難さ。己の無知、傲慢さも愚かさも含めて、自らの心を見つめ映す鏡。それが俳句ではないかと思う。

私の句碑は、既に十年前に、妻の石碑の隣に完成している。しかし、俳句は私の魂の棲家となっている。身体は衰退途上のなかでの心は発展途上。生きる力、新しい世界へ踏み出す勇気、後ろは振り向かず、すべてを包含し、ただ前へ歩んでゆく力を与えてくれている。

以前、当時八十七歳の考古学者江上波夫先生と一週間程ご一緒した事がある。その際、「長生きをしなければいけない。何かをなしたいと思うなら、少くとも十年はかかるから」とうかがった。この句集を契機に、沸々と生きる意欲が、沸き立っている。観世流緑泉会の津村禮次郎師に師事し、二十五年嗜んできた能についての句を試みる。また、第二句集、第三句集のタイトルと発刊時期に思いを巡らし、やりたい事の十年単位の目標を立てた。百歳ではなく、百二十歳まで生きる。あと四十六年、心の雄叫びを完結する覚悟をした。

今回の上梓に際し、選句と序文を和子先生、帯文と十句選を克巳先生に頂いた。表紙を、二十歳より敬愛する水彩画の岩脇哲也画伯にお願いできた（残念ながら一昨年お亡くなりになった）。題字は、妻同門の書家、佐々木彩乃さんにお願いできたことは無上の喜びだ。また、諸事良き相談相手となって頂いた「知音」俳句会の皆様、編集、製本でお世話になった角川「俳句」編集部の石川一郎編集長、ご担当の吉田光宏様、そして、いつも私を支えてくれている家族に心より感謝する。

最後に、この句集を、ご購入、ご購読頂きました皆様には、もし、お気に入りの一句がございましたら、是非私宛、お便りをお願いしたい。拙いながらも、お誕生日に、その句の色紙を送らせて頂けましたら望外の喜びであります。

令和四年四月吉日

平野　哲斎

松山市の伊豫豆比古命神社（椿神社）に奉納した妻の石碑と私の句碑

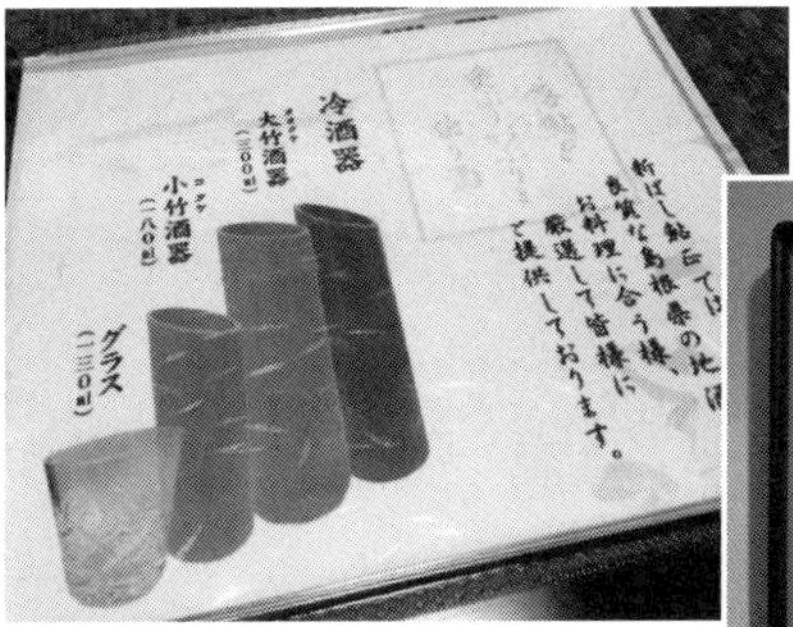

今は無き、新橋の鮎の名店「鮎正」に
飾られた額とメニューの句

支笏ガイドハウス「かのあ」に
飾られている額

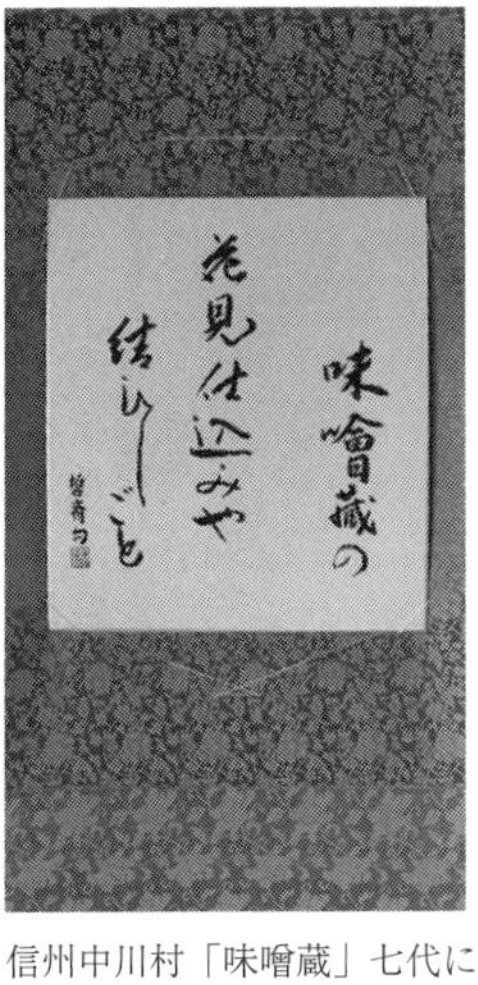

信州中川村「味噌蔵」七代に
飾られている掛け軸

著者略歴

平野哲斎（ひらの　てっさい）〔本名・平野　哲〕

1948年　東京都生まれ

1974年　慶応義塾大学法学部卒業

同　年　野村證券株式会社入社、25年勤務（海外勤務12年）

　　　　日米仏の金融機関にて役員、代表取締役、顧問を24年務める

2011年「知音」俳句会入会

現在、「知音」同人、俳人協会会員、国際俳句交流協会会員

経営コンサルタント、ボーカリスト（ジャズ、シャンソン）

観世流能楽を25年嗜む（観世流緑泉会、津村禮次郎師に師事）

現住所　〒153-0053

　　　　東京都目黒区五本木2-45-2

　　　　〒520-0022

　　　　滋賀県大津市柳ヶ崎9-1　Brillia琵琶湖大津京1208

この句集をご購入・ご購読頂きました皆様

もし、お気に入りの一句がございましたら、左記に感想を添えお便りを頂けましたら幸甚です。お礼（お誕生日のお祝い）として、拙いながらもその句を書した色紙をお送りさせて頂きます。（宛先は226ページの著者略歴のどちらの住所でも構いません。ご到着には2～3か月程度かかります。送料は着払いとなります。左記を切り取ってご同封ください）

著者

＊編集部注：著者からの対応となるため、お問い合わせのある場合は直接著者へお願いいたします。

切り取り線（ここから切り離してご同封ください）

お気に入りの一句（　　ページ）

◎氏名

◎〒　　住所

◎誕生日　　月　　日　　◎連絡先（電話番号／メールアドレス）

句集　ミラノ巻き

初版発行　2022年5月16日

著　者　平野哲斎
発行者　石川一郎
発　行　公益財団法人 角川文化振興財団
〒359-0023 埼玉県所沢市東所沢和田3-31-3
ところざわサクラタウン 角川武蔵野ミュージアム
電話 04-2003-8716
https://www.kadokawa-zaidan.or.jp/
発　売　株式会社 KADOKAWA
〒102-8177 東京都千代田区富士見2-13-3
電話 0570-002-301（ナビダイヤル）
https://www.kadokawa.co.jp/
印刷製本　中央精版印刷株式会社
 ISBN978-4-04-884476-5　C0092

句集

ミラノ巻き

平野哲斎

角川書店